W9-ASR-808

DATE DUE

Puffin Books

Flecha al Sol

Un cuento
de los
indios
Pueblo
adaptado e ilustrado
por Gerald McDermott

PUFFIN BOOKS
Published by the Penguin Group
Penguin Books USA Inc.,
375 Hudson Street, New York, New York 10014, U.S.A.
Penguin Books Ltd, 27 Wrights Lane, London W8 5TZ, England
Penguin Books Australia Ltd, Ringwood, Victoria, Australia
Penguin Books Canada Ltd, 10 Alcorn Avenue, Toronto, Ontario, Canada M4V 3B2
Penguin Books (N.Z.) Ltd, 182–190 Wairau Road, Auckland 10, New Zealand

Penguin Books Ltd, Registered Offices: Harmondsworth, Middlesex, England

Arrow to the Sun first published in the United States of America
by The Viking Press, 1974
This Spanish-language edition published in Picture Puffins, 1991
15 17 19 20 18 16 14
Copyright © Gerald McDermott, 1974
Translation copyright © Viking Penguin, a division of Penguin Books USA Inc., 1991
All rights reserved

LIBRARY OF CONGRESS CATALOG CARD NUMBER: 90-50848

Printed in the United States of America
Set in Clarendon Semibold

Hace mucho tiempo el Señor
del Sol envió la chispa
de la vida a la Tierra.

Se deslizó por los rayos del Sol,
a través de los cielos, y llegó
hasta el pueblo. Allí entró en
la casa de una joven muchacha.

De esta forma, el Niño vino al mundo de los hombres

Vivió y creció y jugó en el pueblo.
Pero los demás niños no los dejaban
participar en sus juegos.
—¿Dónde está tu padre?
—preguntaban—. ¡Tú no tienes padre!
Se burlaban de él y lo echaban. El Niño
y su madre estaban tristes.

—Madre —dijo el niño un día—, tengo
que buscar a mi padre. No importa
dónde esté, tengo que encontrarlo.

Entonces el Niño dejó su casa.

Viajó por el mundo de los hombres y llegó
hasta el Sembrador de Maíz.
—¿Me puede guiar hasta mi padre?
—preguntó.
El Sembrador de Maíz no contestó y siguió
atendiendo sus cosechas.

El Niño fue a ver a la Alfarera.

—¿Me puede guiar hasta mi padre? —preguntó
el Niño.

La Alfarera no contestó, sino que continuó
moldeando sus vasijas de barro.

Después el Niño fue a ver al Arquero, que era
un hombre muy sabio.
—¿Me puede guiar hasta mi padre?
—preguntó.
El Arquero no contestó, pero puesto que era
un hombre sabio se dio cuenta de que el Niño
había venido del Sol. Entonces hizo una
flecha especial.

El Niño se convirtió en esa flecha.

El Arquero acomodó al
Niño en su arco y apuntó. El
Niño voló hacia los cielos.
Así fue cómo el Niño viajó
hasta el Sol.

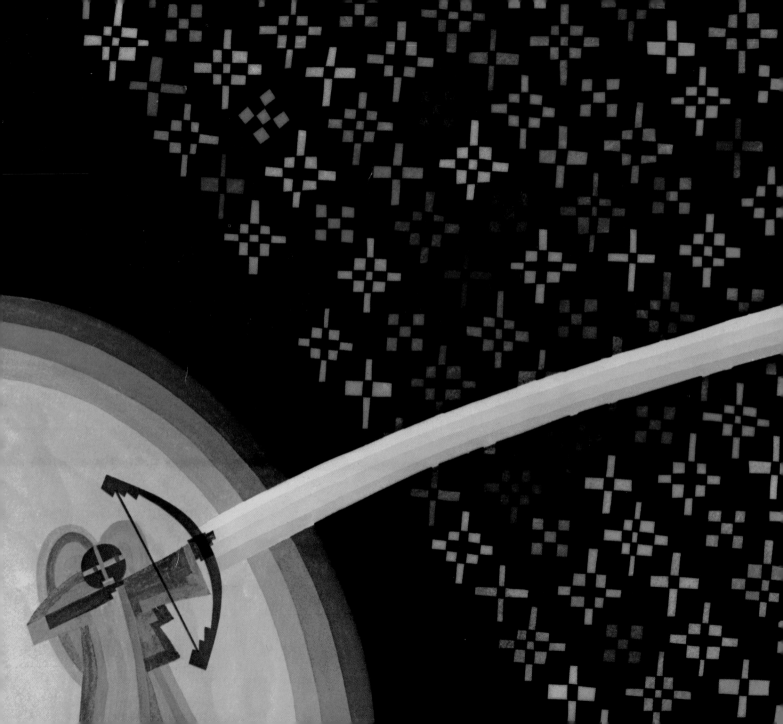

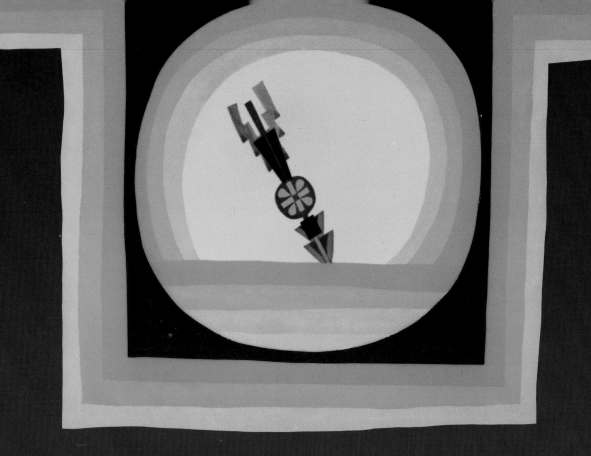

Cuando el Niño vio al poderoso Señor, exclamó:
—¡Padre, soy yo, tu hijo!

—Tal vez seas mi hijo —contestó el Señor—, tal vez
no. Tienes que demostrarlo. Debes atravesar las
cuatro cámaras ceremoniales: la Kiva de los Leones,
la Kiva de las Serpientes, la Kiva de las Abejas y la
Kiva de los Relámpagos.

El Niño no tenía miedo.
—Padre —dijo—, voy a
superar estas pruebas.

Cuando el Niño salió de la Kiva de los
Relámpagos, se había transformado.
Estaba lleno del poder del Sol.

El padre y su hijo se regocijaron.
—Ahora debes regresar a la Tierra,
hijo mío, y llevar mi espíritu al
mundo de los hombres.

Una vez más, el Niño se transformó en la flecha. Cuando la flecha tocó la Tierra, el Niño reapareció y se dirigió al pueblo.

El pueblo celebró su regreso con la Danza de la Vida.

ACERCA DEL ARTISTA

GERALD MCDERMOTT comenzó sus estudios de Arte en el Instituto de Artes de Detroit cuando tenía cuatro años de edad. Asistió al Instituto Pratt de Brooklyn, donde obtuvo su licenciatura. Con *Flecha al Sol,* Gerald McDermott continúa un ciclo de películas y libros que demuestran su especial interés en el folklore y la mitología. El ha descrito su último trabajo como "el más exitoso en términos de lo que he querido lograr hasta el presente". Gerald McDermott ha realizado numerosas películas y su estilo singular de animación fílmica le ha ganado reputación internacional.

Gerald McDermott también es autor e ilustrador de *The Stone Cutter: A Japanese Folk Tale, Daniel O'Rourke* y *Tim O'Toole and the Wee Folk.*

ACERCA DEL LIBRO

Las ilustraciones de este libro fueron ejecutadas en pintura a la aguada y tinta. La heliografía fue preseparada. La reproducción del arte se procesó a cuatro colores.

El tipo del texto es Clarendon Semibold. El libro se imprimió en papel mate Mead y está encuadernado en tela sobre cartón. La encuadernación esta reforzada y cosida.